LA LEYENDA DE PIEDRA PAPEL TIJERA

DREW DAYWALT · ADAM REX

SCHOLASTIC INC.

1...2...3...

A mis campeones,
Roger Di Paolo,
Tom Stephan,
Rose Mary Piazza Stehman-Humble
—D.D.

Para Henry
—A.R.

¡FUERA!

Originally published in English as *The Legend of Rock Paper Scissors*

Translated by Abel Berriz

Text copyright © 2017 by Drew Daywalt
Illustrations copyright © 2017 by Adam Rex
Translation copyright © 2019 by Scholastic Inc.

ISBN 978-1-338-33933-8

10 9 8 7 6 5   21 22 23

Printed in the U.S.A.   169
First Spanish Scholastic printing 2019

Hace mucho tiempo,

en un antiguo y lejano país llamado
el Reino del Patio,

vivía un guerrero llamado
PIEDRA.

Piedra era el más fuerte
de todo el reino, pero estaba
triste porque no había nadie
que fuera su digno contrincante.

Piedra viajó al
misterioso Bosque
de Más Allá del Columpio,
donde encontró a un guerrero
que colgaba de una soga,
sujetando un calzoncillo gigante.

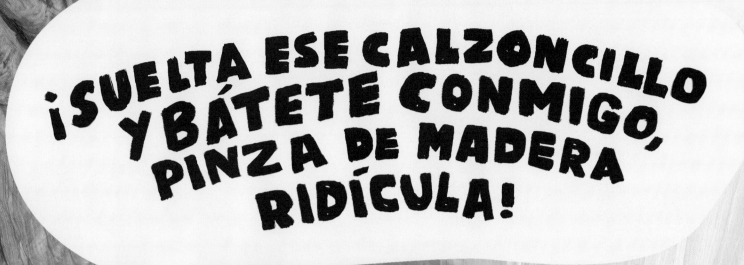

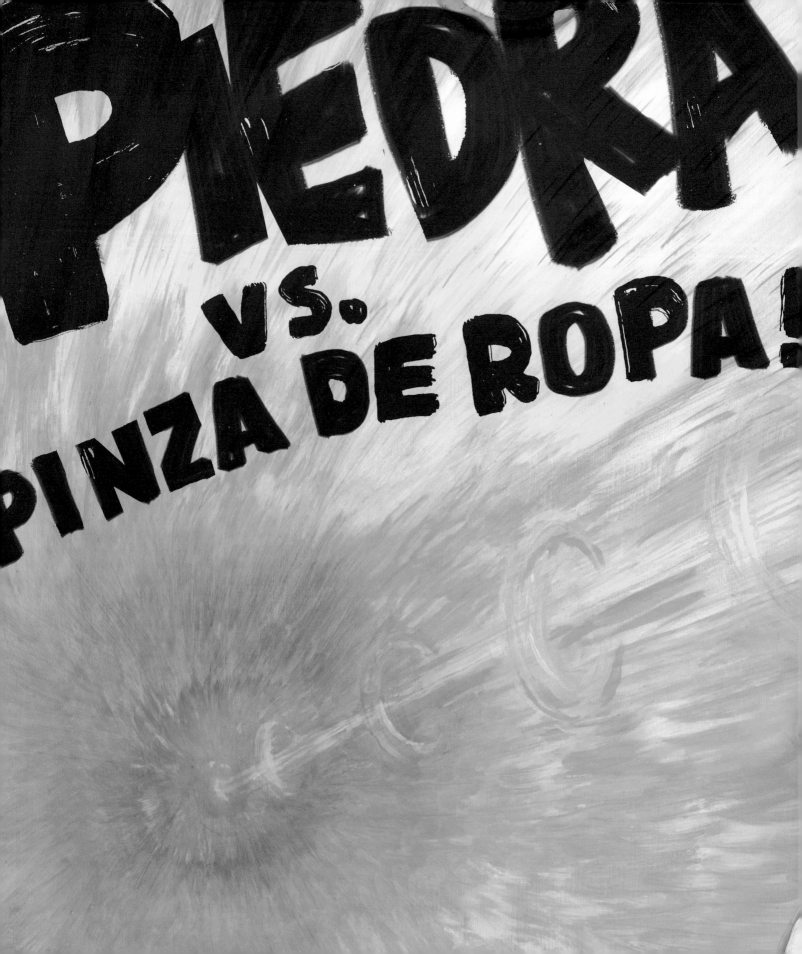

Aun cuando había ganado,
Piedra se sentía insatisfecho.

Así que continuó su viaje
hasta la mítica Torre del
Albaricoquero Favorito de
Abuela.

Allí encontró una fruta
extraña y deliciosa.

¡PIEDRA ES EL GANADOR!

¡¿SE ESTÁN DIVIRTIENDO?!

Se *estaban* divirtiendo.

Pero la batalla había sido muy fácil, así que Piedra abandonó el Reino del Patio, aún en busca de un digno contrincante.

Mientras tanto,
en el Imperio del Despacho de Mamá,

sobre la solitaria y borrascosa
Montaña del Escritorio, otro guerrero
ansiaba la gloria de la batalla.

Y su nombre era Papel.

Aunque era el guerrero más listo
del imperio, también estaba triste
porque nadie podía derrotarlo.

Viajó a través de la Montaña del Escritorio
buscando un contrincante, y se encontró
con un monstruo grande y cuadrado.

Habiendo derrotado al guerrero más feroz de la Montaña del Escritorio, Papel saltó al Pozo de la Papelera, donde se batió con la horda más terrorífica de criaturas de todo el imperio…

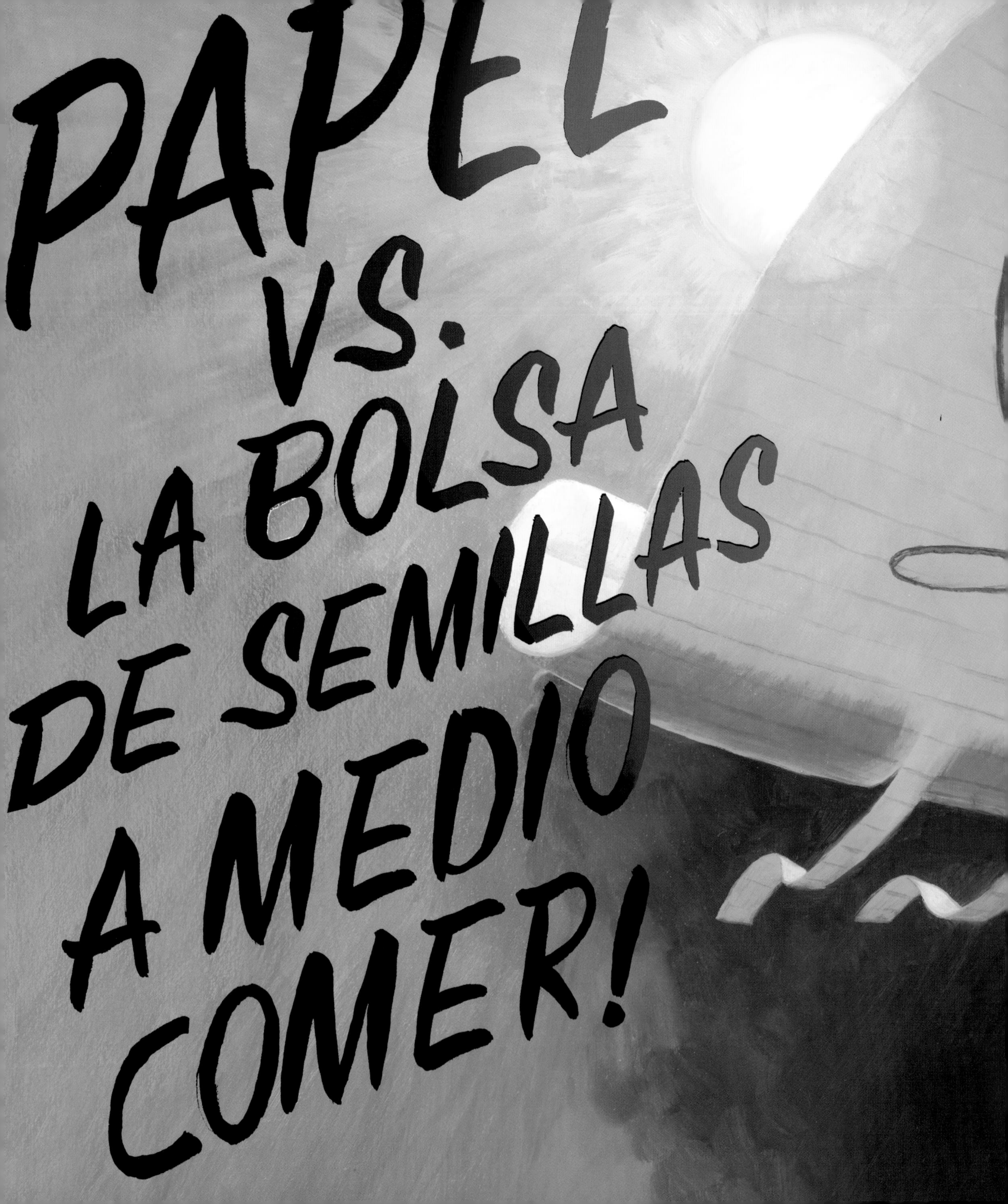
PAPEL
VS.
LA BOLSA
DE SEMILLAS
A MEDIO
COMER!

Y así, con pesar en el corazón, Papel partió del Imperio del Despacho de Mamá.

Al mismo tiempo,

en el Reino de la Cocina, en la pequeña aldea de la Gaveta de Misceláneas, vivía una tercera gran guerrera.

La llamaban Tijera,

y era la espadachina más rápida de todo el país. También era invicta. Ese día, su primer contrincante era un extraño y pegajoso hombre con forma de círculo.

¡TIJERA VS.
ROLLO DE CINTA ADHESIVA
MEJORADO
¡TIJERA ES LA GANADORA

Tijera fraguó su camino a través del Reino de la Cocina hasta el páramo gélido del Congelador.
Allí encontró los adversarios más temibles por venir... dinosaurios hechos de pollo empanizado congelado.

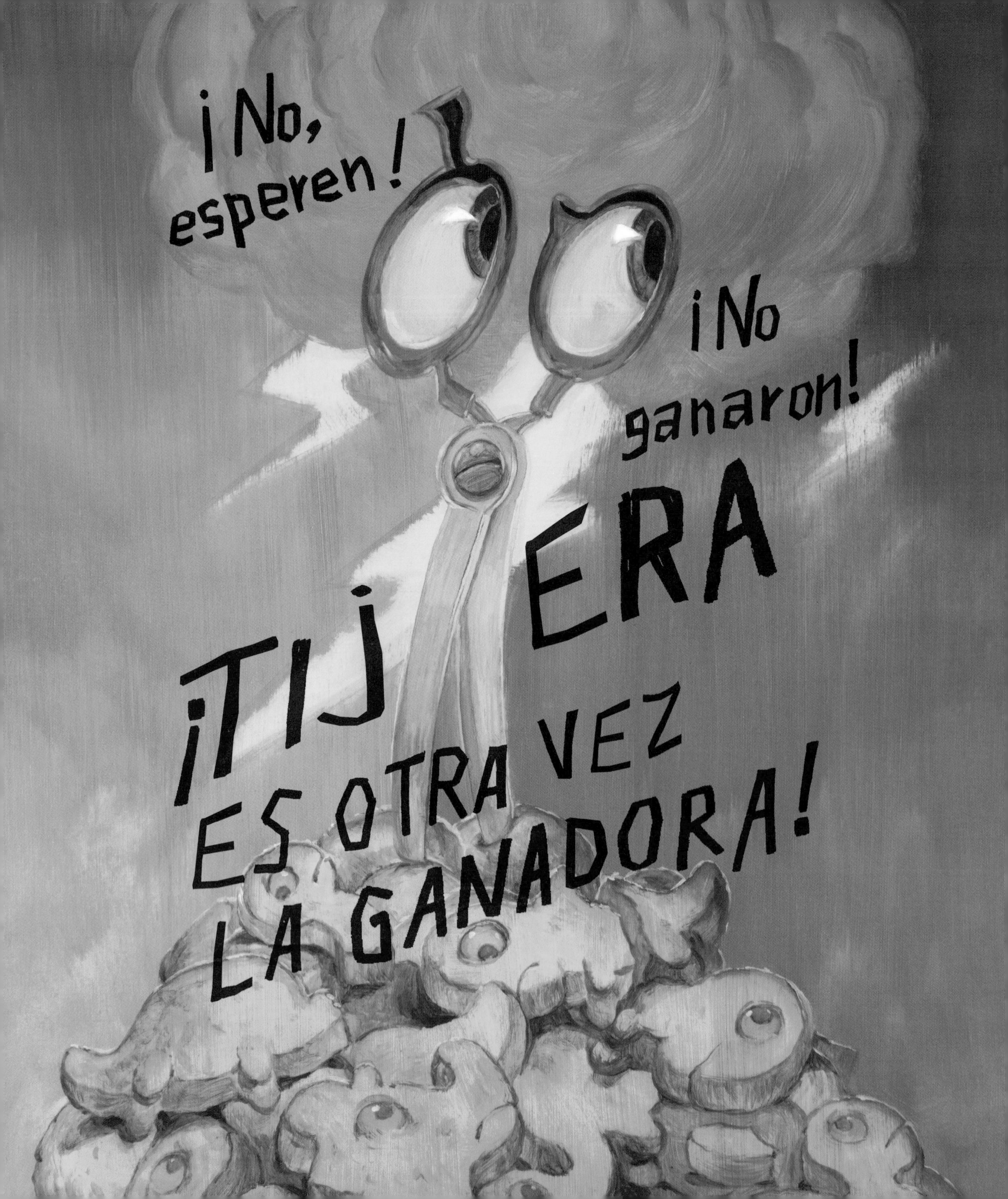
¡No, esperen!
¡No ganaron!
¡TIJERA ES OTRA VEZ LA GANADORA!

¿TAN BUENA SOY QUE NI SIQUIERA LOS POLLOS CON FORMAS DE DINOSAURIO PUEDEN VENCERME?

Y así, Tijera,
al igual que Piedra y Papel
antes que ella, viajó a los confines
de su propio reino, buscando un
contrincante que fuera su igual.

Y, entonces, un día, en la gran caverna del Garaje de Dos Autos,

Piedra y Tijera se encontraron cara a cara.

Espero que tengas puestos tus pantalones de batalla, guerrero Piedra.

SI POR "PANTALONES DE BATALLA" TE REFIERES A "SIN PANTALONES, PERO CON MUCHOS DESEOS DE PELEAR CONTIGO", ENTONCES SÍ... ¡SÍ, TENGO PUESTOS MIS PANTALONES DE BATALLA, EXTRAÑO CON FORMA DE TIJERA!

Lo que siguió
fue una batalla épica
y legendaria, pero, a la larga...

¡PIEDRA
ES EL GANADOR!

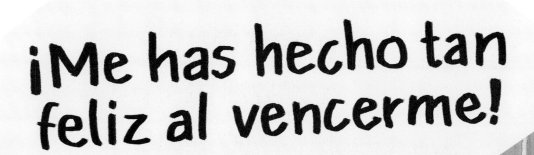

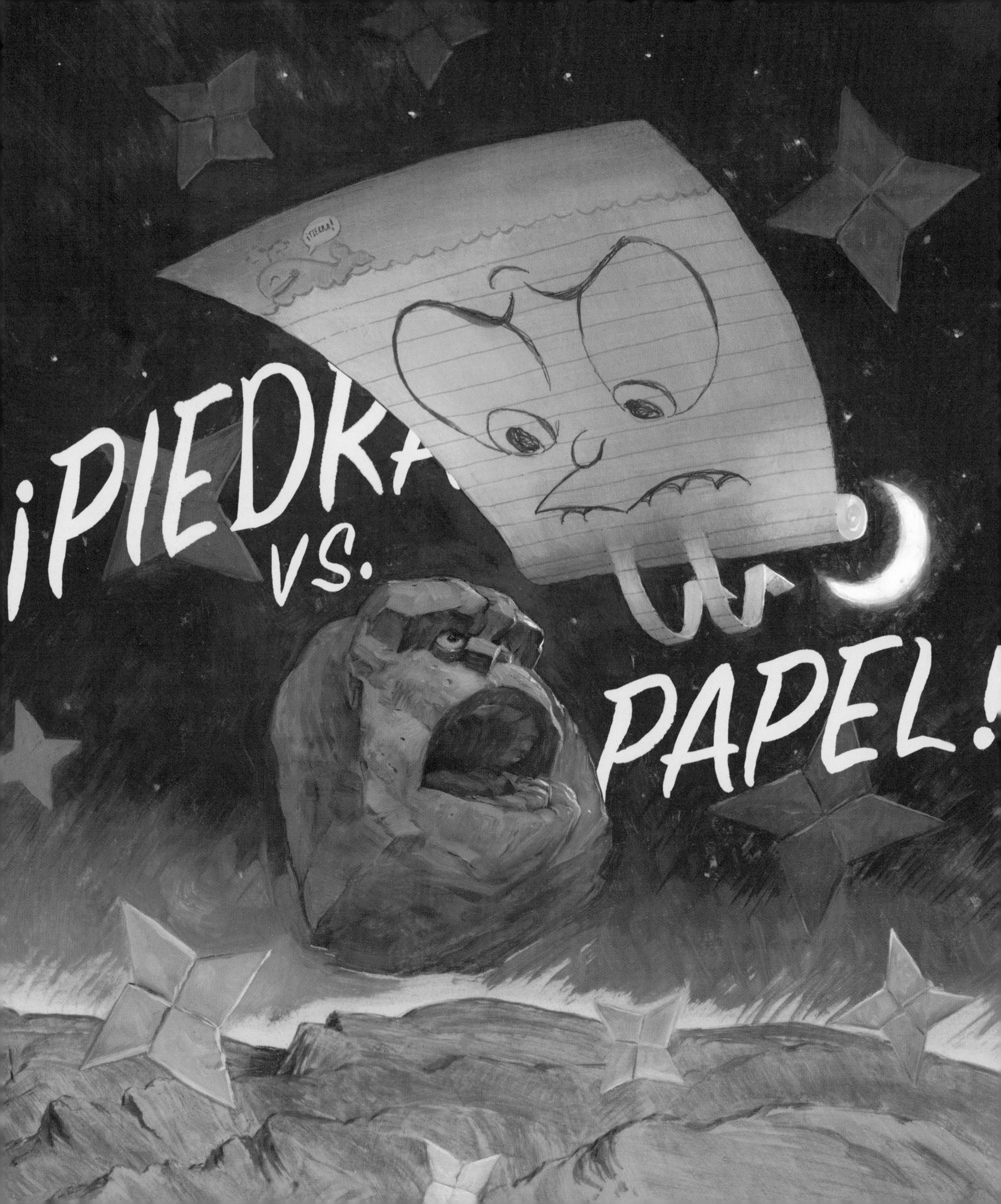
¡TIERRA!
¡PIEDRA
VS.
PAPEL!

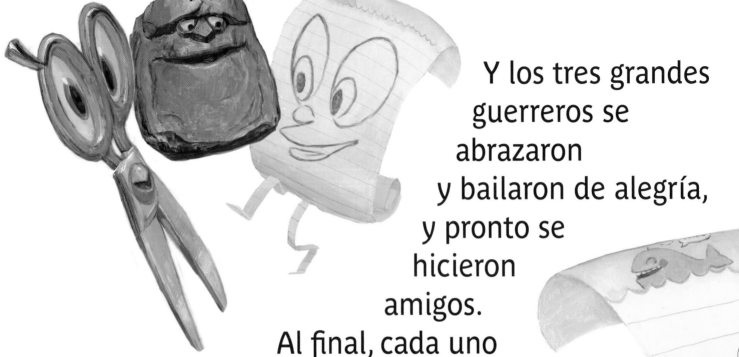

Y los tres grandes
guerreros se
abrazaron
y bailaron de alegría,
y pronto se
hicieron
amigos.
Al final, cada uno
había encontrado a su rival. Estaban
tan felices, de hecho, que enseguida
volvieron a pelear.

¡Entonces se enfrascaron en la batalla más épica
y feroz de todos los tiempos! Y se cuenta que este
alegre combate aún continúa hasta el día de hoy.

Por eso es que los niños de todo el mundo, en
los patios, en los parques y, sí, incluso en los
salones de clases, aún honran a los grandes tres
guerreros jugando…

¡PIEDRA, PAPEL, TIJERA!